novum pro

Für Jessi!

Viel Vergnügen
beim Lesen
wünscht Dir

Charly

Charly Haimerl

Das verzauberte
Bügeleisen

Illustriert von Julia Theisinger

novum pro

www.novumpro.com

Bibliografische Information
der Deutschen Nationalbibliothek:

Die Deutsche Nationalbibliothek
verzeichnet diese Publikation in der
Deutschen Nationalbibliografie.
Detaillierte bibliografische Daten sind
im Internet über
http://www.d-nb.de abrufbar.

Alle Rechte der Verbreitung, auch
durch Film, Funk und Fernsehen, fotomechanische Wiedergabe, Tonträger, elektronische
Datenträger und auszugsweisen
Nachdruck, sind vorbehalten.

© 2011 novum publishing gmbh

ISBN 978-3-99003-261-9
Lektorat: Mag. Dr. Margot Liwa
Umschlagfoto: Julia Theisinger
Umschlaggestaltung, Layout & Satz:
novum publishing gmbh
Innenabbildungen: Julia Theisinger (9)

Die vom Autor zur Verfügung gestellten Abbildungen wurden in der
bestmöglichen Qualität gedruckt.

Gedruckt in der Europäischen Union
auf umweltfreundlichem, chlor- und
säurefrei gebleichtem Papier.

www.novumpro.com

AUSTRIA · GERMANY · HUNGARY · SPAIN · SWITZERLAND

Inhaltsverzeichnis

Kapitel 1
Bügeln und die Folgen 7

Kapitel 2
Polizeihauptmeister Moser 9

Kapitel 3
Kasperl in der Schule 12

Kapitel 4
Die Überraschung zu Hause 18

Kapitel 5
Und noch ein Schlag 20

Kapitel 6
Die Krokodilinsel 22

Kapitel 7
Der Zauberer Zwickl-Zweckl 26

Kapitel 8
Der Dschungelgeist Uli-Duli 28

Kapitel 9
Die Suche beginnt 33

Kapitel 10
Krokodile unter sich 35

Kapitel 11
Der verhängnisvolle Zauberspruch 40

Kapitel 12
Im Dschungelgefängnis 44

Kapitel 13
Struppi und der Affe 46

Kapitel 14
Der Gefängnisschlüssel 51

Kapitel 15
Die Befreiung 57

Kapitel 16
Alles Zauberei 60

Kapitel 17
Die Rückkehr 64

KAPITEL 1

◆

Bügeln und die Folgen

Es war wie jeden Morgen in Kasperlhausen – der Ort war nach seinem Ehrenbürger, dem Kasperl, benannt worden. Die Kinder gingen in die Schule und ihre Eltern in die Arbeit. Der Kasperl und die Schülerlotsen sorgten dafür, dass die Kinder sicher in die Schule kamen. Jetzt war die Zeit der Hausfrauen gekommen. Sie putzten, wuschen, machten die Betten, staubten ab, spülten Geschirr und bügelten die Wäsche. Genau um das Bügeln geht es in dieser Geschichte.

Was wird denn so alles gebügelt? Hemden, Unterwäsche, Kleider, T-Shirts usw. Dies tat auch die Oma des Kasperls an diesem Tag ganz gewissenhaft wie immer. Sie sang dabei ein Lied mit, das sie gerade im Radio hörte. Plötzlich vernahm sie eine Stimme, die zu ihr sagte: „Hier spricht das Bügeleisen, bitte überprüf mal, ob ich auch heiß bin!"

Die Großmutter schüttelte den Kopf und sagte zu sich: „Ich glaube, jetzt fange ich zu spinnen an!" Darauf antwortete das Bügeleisen: „Du spinnst nicht! Ich spreche wirklich zu dir. Überprüf mich doch bitte!" Sie überprüfte daraufhin das Bügeleisen, indem sie ihre Finger nass machte und es von unten anfasste. Nun geschah etwas Sonderbares, es krachte plötzlich fürchterlich. Wum-Wumperti-Wum klang es im ganzen Haus. Das alleine war es aber nicht, was so verwunderlich war. Die Oma war auf seltsame Weise auf einmal verschwunden. An ihrer Stelle stand ganz überraschend ein Krokodil mit der Schürze der Großmutter bekleidet vor dem Bügeltisch. Man hörte noch ein kurzes Lachen im Raum, sodass es einem kalt den Rücken runterlief. Die Oma wusste gar nicht, was da mit ihr geschah. Bis sie auf einmal ihre Hand anschaute, da erschrak sie sehr. Sie ging zum Spiegel, und was sie da sah, war nicht zu glauben. Aus ihr war ein Krokodil geworden. Sie fragte sich, was nur der Kasperl dazu sagen würde.

KAPITEL 2

◆

Polizeihauptmeister Moser

Auf diesen Schreck hin vergaß die Großmutter, dass wie jeden Tag am Vormittag der Polizeihauptmeister Moser bei ihr auf einen Sprung vorbeischaute, um bei ihr ein Tässchen Kaffee zu trinken.

Es läutete an der Tür. Die Großmutter schrie: „Wer ist da?" Darauf antwortete eine Stimme: „Ich bin's, Großmutter, der Polizeihauptmeister Moser!" Sie wusste nicht, was sie tun sollte, und flehte: „Bitte erschrecken Sie nicht, wenn ich jetzt die Türe öffne. Ich werde Ihnen alles erklären. Sonst lasse ich Sie nicht herein!"

„Ja, ich verspreche es!", beruhigte sie der Polizeihauptmeister. Die „Oma" öffnete die Tür und der Polizeihauptmeister wurde blass. Er fasste sich aber wieder schnell und lachte nun. „Sie haben da aber ein schönes Kostüm für den Fasching an!", flötete er. Nun weinte die Großmutter, es rannen ihr die Tränen nur so herunter. „Was ist denn los mit Ihnen?", fragte er sie besorgt. Die „Oma" erzählte ihm alles, was bis dahin geschehen war, und der Polizeihauptmeister Moser überprüfte den Fall.

Er machte dabei aber den Fehler, ebenfalls unter das Bügeleisen zu fassen. Es kam, wie es kommen musste, es tat einen furchtbaren Schlag – Wum-Wumperti-Wum ertönte es wiederum im ganzen Haus. Ein Krokodil in Polizeiuniform sieht doch lustig aus, was? Die beiden konnten darüber aber gar nicht lachen. In diesem Moment war guter Rat teuer. Sie beschlossen auf den Kasperl zu warten, er sollte ihnen helfen, aus dieser misslichen Lage herauszukommen.

KAPITEL 3

◆

Kasperl in der Schule

Der Kasperl wusste natürlich nicht, was sich in der Zwischenzeit in Großmutters Haus abgespielt hatte. Denn zur selben Zeit war er im „Schulstress". Auf dem Schulweg bewährte sich Kasperl als Schupo. Er half den Schulkindern bei gefährlichen Straßenübergängen und Kreuzungen, damit sie sicher in die Schule kamen. Sein Freund Struppi, ein lieber Hund, begleitete ihn dabei. Bevor Kasperl zum Unterricht ging, lieferte er Struppi beim Hausmeister der Schule ab.

In der 1. Stunde lernten Kasperl und seine Klassenkameraden Rechnen: das Zusammenzählen, Abziehen, Malnehmen und Teilen von Zahlen. Die Köpfe rauchten ihnen dabei, denn es ist alles nicht so einfach. Religion stand als zweites Fach auf dem Plan. Da sprach ein Pfarrer zur Klasse und erklärte ihnen, dass der Glaube an Gott den Men-

schen helfe. Da hob Max den Finger und fragte: „Herr Pfarrer, hilft Gott einem auch, wenn man etwas verloren hat?" Die Antwort kam prompt: „Natürlich!" „Dann soll er mir bitte sagen, wo mein Bleistift ist, den habe ich nämlich verloren!" Die ganze Klasse lachte daraufhin, auch der Pfarrer. Der Pfarrer entgegnete ihm: „Max, wenn du ganz fest betest, dann wirst du deinen Bleistift schon wieder finden!"

„Gut, ich versuch's!", gab Max kleinlaut zur Antwort und wurde aus Verlegenheit rot im Gesicht. Nun, auch die Religionsstunde verging.

In der 3. Stunde war Zeichnen angesagt. Die Lehrerin verlangte von den Schülern: „Zeichnet ein Haus mit Garten im Sommer!" Jeder holte sein Zeichenmaterial hervor und alle begannen zu malen. Kasperl zeichnete das Haus seiner Oma. Um das gelbe Haus mit drei Fenstern mit braunen Fensterläden und brauner Tür und oben drauf mit einem roten Dach malte er einen großen Garten. In dem Garten standen ein brauner Tisch, eine

Bank und zwei Stühle. Davor befand sich eine grüne Wiese mit Obstbäumen. Die gelbe Sonne strahlte am blauen Himmel. Gerade als er mit seiner Zeichnung fertig war, läutete der Pausengong. Die Lehrerin sammelte die Zeichnungen ein, doch Seppl, der Schulbanknachbar Kasperls, wetterte: „Ich bin ja noch gar nicht fertig!" „Das macht doch nichts", tröstete ihn die Lehrerin, „beim nächsten Mal kannst du es ja fertig malen!" Die Schüler, Kasperl und auch Seppl verließen nun jubelnd das Klassenzimmer, denn Pausenzeit ist die schönste Zeit. Alle gingen auf den Schulhof.

Dort gab es Brezen, Wurstsemmeln und Milch zu kaufen. Auch Struppi, der während der Unterrichtszeit mit dem Hund des Hausmeisters spielte, befand sich auf dem Schulhof. Er traf sich dort mit Kasperl und Seppl.

Die zwei Freunde erzählten ihm vom Unterricht. Die Pausenzeit verging wie immer sehr schnell. Der Gong beendete ihr Gespräch.

Alle gingen wieder in ihre Klassenzimmer zurück. Struppi blieb beim Hausmeister. Der

Deutschlehrer wartete schon auf Kasperl und dessen Klassenkameraden. Er forderte nun jeden Einzelnen auf, mit Kreide ein Wort an die Tafel zu schreiben, leserlich und ohne Fehler. Jeder kam an die Reihe, auch Kasperl. Er musste das Wort „Eisenbahnschaffner" schreiben. Also ging er zur Tafel schrieb mit leichtem Zögern an die Tafel: Eisenbahnschafner.

„Mensch, Kasperl, überleg doch mal, da ist was falsch!", klärte ihn der Lehrer auf. Kasperl erschrak und sah sich das Wort an der Tafel noch einmal an. In seiner Aufregung übersah er aber, dass er das ‚f' in der Mitte vergessen hatte. Seppl wollte dem Kasperl helfen und flüsterte ihm das Wort richtig zu, Kasperl war zu nervös, um es zu bemerken. Dem Lehrer fiel es aber auf. Er befahl nun: „Seppl, wenn der Kasperl schon nicht hört, was du ihm zuflüsterst, dann schreib du das Wort richtig an die Tafel!" Seppl war nun verlegen, trat dennoch wie befohlen vor und schrieb „Eisenbahnschaffner" richtig an die Tafel. Der Lehrer meinte daraufhin: „Seppl,

du hast das Wort richtig geschrieben, aber deine Schrift lässt zu wünschen übrig!"
„Ihnen kann man heute aber nichts recht machen!" erwiderten Kasperl und Seppl daraufhin beleidigt.

„Nicht frech werden ihr zwei, sonst muss ich euch eine Strafarbeit aufgeben", drohte ihnen der Lehrer. Seppl und Kasperl saßen nun betroffen auf ihrer Bank und erhofften sich das schnelle Ende der beiden Deutschstunden. Auch diese mühsame Zeit verging. Als es gongte, war für diesen Tag die Schule beendet und die Freude dementsprechend groß. Kasperl holte Struppi vom Hausmeister ab und beide spazierten nun zufrieden nach Hause. Es war halb zwölf geworden und Kasperl sowie Struppi dachten schon mit Wonne an das bevorstehende Mittagsessen. Kasperl hatte sich seinen geliebten Apfelstrudel mit Vanillesoße gewünscht und Struppi dachte da an etwas anderes, nämlich an einen vollen Napf mit deftigen Fleischstücken.

KAPITEL 4

◆

Die Überraschung zu Hause

Struppi wurde immer aufgeregter, je näher sie ihrem Zuhause kamen. Er bellte und winselte: „Da stimmt was nicht!"

Kasperl sagte sich: „Was hat denn nur der Hund?" „Nun gib endlich wieder Ruhe!", schimpfte er. Struppi dachte aber gar nicht daran, ruhig zu sein. Sie standen bereits vor der Haustür, als Kasperl zu Struppi sagte: „Wenn du jetzt nicht sofort still bist, dann bleibst du vor der Türe!" Nun gehorchte Struppi. Kasperl sperrte die Haustür auf und ging mit Struppi hinein. Es war merkwürdig leise im Haus. Die Küche war leer. Als sie ins Wohnzimmer kamen, traf sie fast der Schlag. Bei dem Anblick standen ihnen die Haare zu Berge. „Was ist denn hier los?", schrien Kasperl und Struppi vor Schreck. „Ruhe!", brüllte das Polizeikrokodil. „Ich bin doch der Polizeihauptmeister Moser!", sprach das Krokodil mit der Polizeiuniform. „Und ich bin doch deine Oma!", meinte das andere Krokodil. „Was soll um Himmels willen diese Maskerade?", fragte der Kasperl bestimmend und schüttelte den Kopf.

Darauf fingen die beiden Krokodile gleichzeitig aufgeregt zu erzählen an. Man verstand dabei kein Wort, sodass sich der Kasperl die Ohren zuhielt und dazwischenfunkte: „Bitte, der Reihe nach und einzeln!" Sie berichteten nun dem Kasperl, was geschehen war. Sie saßen noch lange zusammen und überlegten, wie sie aus dieser Situation herauskommen könnten!

KAPITEL 5

Und noch ein Schlag

Der Kasperl überlegte und überlegte. Dann stand er auf, ging zum Bügeleisen und steckte es aus, um weiteren Schaden zu verhindern. Doch da krachte es von Neuem furchtbar. Man hörte das bereits bekannte Wum-Wumperti-Wum und die Krokodile waren zum Erstaunen von Kasperl und Struppi ganz verschwunden. Die beiden bekamen es mit der Angst zu tun, sie drückten sich daher fest aneinander und schrien: „Was war denn das?" Die Knie schlotterten ihnen mächtig. „Ganz ruhig!", sagten sich dann die zwei. Nachdem sich Kasperl und Struppi beruhigt hatten, durchsuchten sie alle Zimmer des Hauses gründlich. Sie fanden nichts. Kein Anhaltspunkt, wie dies hatte zustande kommen können, fiel ihnen ein. „Halt", kam Kasperl ein Blitzgedanke, „das Bügeleisen!" Sie steckten den Stecker des Bügeleisens schnell wieder in die Steckdose zurück, doch es geschah nichts. Der Kasperl testete das Bügeleisen mit einem Löffel, damit er nicht das Risiko einging, in ein Krokodil verwandelt zu werden. Der Löffel wurde heiß, Kasperl ließ ihn daraufhin fallen. „Soll ich nun das Bügeleisen doch von unten mit den Fingern berühren?", fragte er sich.

Er ließ es bleiben, und es war richtig so, denn er wollte ja seiner Oma und dem Polizeihauptmeister helfen. Das Bügeleisen wurde wieder ausgesteckt und zur Seite gestellt. Kasperl und Struppi machten jetzt erst einmal Brotzeit, da man bekanntlich mit leerem Magen keine ordentlichen Einfälle hat!

Kasperl verspeiste 3 Wurstbrote und Struppi 2 Paar Knackwürste.

Als sie mit Limonade und Wasser ihren Durst gestillt hatten, war ihr Tatendrang wieder groß.

KAPITEL 6

◆

Die Krokodilinsel

Was geschah inzwischen mit Großmutter und Polizeihauptmeister Moser?! In dem Moment, als der Kasperl den Stecker des Bügeleisens aus der Steckdose zog, krachte es fürchterlich und bei den beiden machte es Klick im Kopf. Sie merkten nicht, wie sie weggezaubert wurden. Als sie ihre Augen wieder öffneten, staunten sie nicht schlecht. Großmutter und Polizeihauptmeister Moser standen mitten in einem dichten Dschungel, genauer gesagt, sie befanden sich auf einer aus Sumpflandschaft und subtropischem Regenwald bestehenden Insel. An diesem unheimlichen Ort wimmelte es von Schlangen, Insekten, Krokodilen und sonstigem Getier. Also lauerten hier viele Gefahren auf das Polizeikrokodil und das Krokodil mit Schürze und Brille.

Sie machten die Augen zu und wieder auf, es änderte sich aber nichts, sie waren auf der

Insel gefangen. Polizeihauptmeister Moser sagte zur Oma: „Wir dürfen uns jetzt nicht verrückt machen lassen, vielleicht können wir fliehen."

Er sprach ganz überzeugend, zumindest nach außen hin, denn innerlich war ihm ziemlich mulmig zumute. Die beiden fassten sich ein Herz und zogen los. Sie hörten ein Gemurmel und bei jedem Schritt raschelte und platschte es, einfach unheimlich.

Es roch nach Moder von faulenden Bäumen und dann wieder Nach gut riechenden Blüten. Sie sahen fleißige Ameisen, umherschwirrende Insekten und ein Faultier, das sich langsam und behäbig in den Ästen eines Baumes bewegte. Sie fragten es: „Kannst du uns sagen, wo wir hier sind? Oh, wir haben uns nicht vorgestellt, ich bin der Polizeihauptmeister Moser und das ist die Oma des Kasperls." Darauf entgegnete das Faultier: „Ich bin Fauli, das Faultier. Was sucht ihr denn hier?" Sie erklärten ihm, was passiert war, und Fauli schaute sehr ungläubig drein. Er brauchte sehr lange, bis er antwortete, denn Faultiere sind sehr langsame Tiere.

„Ich kann euch nur sagen, nehmt euch in Acht vor der Krokodilhexe und ihren Helfern!" „Wie erkennen wir die Helfer der Krokodilhexe?", wollte die Großmutter daraufhin wissen. Das Faultier überlegte und antwortete: „Sie haben grüne Uniformen an und grüne Kappen auf. Oh, Sie haben ja auch so eine Uniform an, jetzt muss ich aber gehen!", sagte es ängstlich und verschwand von Ast zu Ast bedächtig. Der Polizeihauptmeister schaute sich von oben bis unten an und frohlockte nun: „Ach, ich habe ja meine grüne Uniform an. Mensch, die wird uns noch helfen können

KAPITEL 7

◆

Der Zauberer Zwickl-Zweckl

Dem Kasperl kam inzwischen zu Hause eine Idee. Er kannte von verschiedenen gemeinsamen Abenteuern seinen Freund, den Zauberer Zwickl-Zweckl. Der Zauberer wohnte in einem Haus hoch oben auf dem Berg. Dieser befand sich eine Tagesreise entfernt von Kasperlhausen. Kasperl und Struppi machten den mühsamen Weg zum Zauberer zum Teil mit dem Bus und den Rest zu Fuß. Der restliche Weg war ein schöner Weg, aber anstrengend. Als sie bei dem Haus des Zauberers ankamen, müde und abgekämpft, klingelten sie an der Eingangstür. Ein Affe öffnete die Tür, Zwickl-Zweckl hatte oft Tiere als Personal. Denn der Zauberer war ein lustiger Zeitgenosse. Der Affe, wen wundert's, konnte sprechen und bat sie einzutreten, mit den Worten: „Kommt herein, wen kann ich dem Zauberer melden?" „Kasperl und Struppi, bitte beeil dich, wir haben wenig Zeit!", entgegneten die beiden.

Zwickl-Zweckl erschien sogleich und fragte: „Grüß euch Gott, liebe Freunde, was führt euch zu mir?" Der Kasperl erzählte nun seinem Freund genau die überraschenden Geschehnisse um seine Großmutter und Polizeihauptmeister Moser. Nach langer Überlegung und etlichem Kopfschütteln sprach der Zauberer: „Ich hab's, das kann nur die Krokodilhexe Aligati sein! Die will sich an uns Menschen rächen. Da ihr Bruder alles gefressen hat, was sich bewegte, wurde er von einem Jäger abgeschossen und zu einer Krokodiltasche verarbeitet. Das nahm sie nicht nur dem Jäger, sondern auch allen anderen Menschen sehr übel. Sie kann zaubern und ist nun sehr gefährlich, da sie auf Rache aus ist. Wir müssen herausfinden, wo sie sich gerade aufhält. Das wird nicht leicht, aber zusammen schaffen wir das schon!"

KAPITEL 8

Der Dschungelgeist Uli-Duli

Währenddessen marschierten die Oma und der Polizeihauptmeister weiter durch den Dschungel. Sie ahnten nicht, welche Gefahren noch auf sie lauerten. Der Dschungel war undurchsichtig und gespenstisch zugleich. Es raschelte über, unter, vor und hinter ihnen zur gleichen Zeit. Bei jedem Schritt lief ihnen der Angstschweiß den Rücken hinunter. Apropos Schweiß, wegen der tropischen Hitze klebte ihnen ihre Kleidung auf den für sie ungewohnten Krokodilkörpern. Mit ängstlichen Blicken bewegten sich die beiden „Krokodile" Schritt für Schritt vorwärts. Plötzlich huschte etwas über ihren Köpfen hinweg und zog dem Polizeihauptmeister Moser die Polizeikappe vom Kopf.

Vor Schreck und Wut darüber schrie dieser: „Wer du auch bist, gib mir sofort meine Polizeikappe zurück!" Eine fröhliche Stimme antwortete aus dem Dickicht: „Hol sie dir, wenn du kannst!" und lachte lauthals. Da der Polizeihauptmeister aufgrund seines Berufes eine schnelle Auffassungsgabe besaß, erkannte er, dass es ein Affe war, der sich seine Kappe geschnappt hatte. „Nur, wo ist dieses freche Kerlchen jetzt?", fragte sich das Polizeikrokodil gerade, als schon wieder jemand an ihm herumzog. Diesmal an seinem Pistolenhalfter.

Blitzschnell griff der Polizeihauptmeister zu und schaute, wen er da gefangen hatte. Die Großmutter lachte und meinte: „Sieht der aber putzig aus!" Fürwahr, es handelte sich um einen Gibbonaffen, der mit seinen langen Armen und Beinen, seinem langen Schwanz sowie seinem dünnen Körper und relativ kleinen Kopf lustig anmutete. „Bitte lass mich los!", flehte der Affe und sah dabei ganz traurig drein. Nun musste auch der Polizeihauptmeister Moser lachen und sagte: „Erst wenn du mir meine Polizeikappe wiedergibst!" Der Gibbonaffe gab sie ihm daraufhin wieder zurück und wollte sich sofort losreißen, doch der Polizeihauptmeister hielt ihn immer noch fest und fragte ihn:

„Wie heißt du eigentlich?" „Ich heiße ‚Uli-Duli' und bin der Dschungelgeist. Weil ich die Tiere immer ärgere und dabei so schnell bin, dass mich noch niemand außer dir erwischt hat, hält man mich für einen Geist. Wegen deiner grünen Uniform glaubte ich, du seist ein Helfer der Krokodilhexe. Da du aber nach deiner Polizeikappe verlangt hast, wusste ich, du bist harmlos und neu hier im Dschungel. Ihr zwei seid mir sympathisch, ich werde euch helfen, wenn es irgendwie geht!" Nun ließ ihn das Polizeikrokodil los und der Affe verschwand im Geäst und Blättergewirr des Dschungels. Sie hörten nur seine Stimme, die sagte: „Keine Angst, ich komme schon wieder zu euch zurück!" Man vernahm nur noch ein Kichern von ihm und weg war er.

Die Oma und der Polizeihauptmeister gingen weiter und kamen bald darauf zu einer Lichtung. Dort hielten sich mehrere Krokodile auf. Waren das die Helfer oder etwa Gefangene der Krokodilhexe?

Sie vermochten es nur herauszubekommen, indem sie um die Lichtung herumschlichen und aus einem Versteck, aus sicherer Entfernung im Unterholz, den Krokodilen zuhörten. Das taten sie dann auch, ganz vorsichtig und leise, um nicht entdeckt zu werden.

KAPITEL 9

Die Suche beginnt

Zwickl-Zweckl und Kasperl waren gerade dabei herauszufinden, wo sich die Krokodilhexe versteckte, damit sie der Großmutter und dem Polizeihauptmeister zu Hilfe eilen konnten. So ein Zauberer hat natürlich seine eigenen Mittel, dem Rätsel auf die Spur zu kommen.

Zwickl-Zweckl hatte einen Raum, in dem eine riesige Leinwand aufgebaut war. Normale Leute müssen sämtliche Geräte betätigen, um auf so einer Leinwand etwas anschauen zu können. Er nicht. Zwickl-Zweckl schnippte mit seinen Fingern, schon wurde die Leinwand hell. Er sprach zur Leinwand den Zauberspruch: „Zwick-Zwack, bring mir die Neuigkeiten über die Krokodilhexe Aligati an den Tag!"

Der Kasperl und Struppi staunten nicht schlecht, als die Leinwand antwortete: „Hier wirst du gleich sehen, wo die Krokodilhexe ist und was sie gerade anstellt!" Die drei blickten gespannt auf die Leinwand und trauten ihren Augen nicht. Was sie da sahen und hörten, war unglaublich.

Die Krokodilhexe sprang in einer Höhle umher, vor ihr standen sechs Krokodile in grünen Uniformen still und lauschten ihren Anweisungen. Sie schrie: „Auf unserer Insel sind bestimmt wieder viele Neuankömmlinge gelandet. Schnappt sie euch und bringt sie hierher, wir werden sie schon zu getreuen Soldaten von mir machen!" Dieser Befehl stimmte sie heiter und sie lachte dabei fürchterlich. Von den Krokodilen hörte man nur:

„Wird gemacht, Chefin!" Dann trotteten sie davon. Dies alles sahen der Zauberer, Kasperl und Struppi auf der Leinwand mit an. Sie schworen sich: „Wir werden es der Krokodilhexe zeigen und verhindern, dass sie weiterhin Schaden anrichtet! Jetzt müssen wir unbedingt auf diese Insel!"

KAPITEL 10

◆

Krokodile unter sich

Was gab's Neues von Großmutter und Polizeihauptmeister Moser? Die beiden sahen, versteckt hinter einem Gebüsch, was sich in der Lichtung vor ihnen abspielte. Dort saßen, lagen und standen fünf Krokodile in unterschiedlicher Bekleidung vor dem lodernden Lagerfeuer. Es war inzwischen Nacht geworden, durch das lodernde Feuer konnte man die Krokodile in der Lichtung mal sehr genau und dann wieder nur schemenhaft erkennen. Eines der Krokodile hatte lange rote Haare und war mit braunem Rock, weißer Bluse und grüner Schürze bekleidet. Es lag vor dem Lagerfeuer und seufzte: „Wie konnte das nur geschehen, was passiert nun mit mir? Was wird meine Familie zu meinem Verschwinden sagen?"

Da entgegnete das stehende Krokodil, das kurze braune Haare und eine lustige Brille auf der Nase hatte und einen schicken beigen Anzug mit braunem Hemd und grüner Krawatte trug: „Es ist durchaus eine schwierige Situation für uns, doch noch lange nicht aussichtslos!" Ein kleines Krokodil mit blondem Lockenkopf und blauem Trainingsanzug schlief auf dem Schoß eines anderen Krokodils. Ein Fräulein-Krokodil schien es zu sein, mit langem, gewelltem brünettem Haar, es trug lediglich ein T-Shirt und eine Badehose an ihrem Krokodilkörper. Es summte dem kleinen Krokodil ein Schlaflied ins Ohr.

Das fünfte Krokodil im Bunde mit grauen Haaren und lila Bademantel stand da und blickte grimmig drein. Es schimpfte: „Ich gebe Ihnen recht, dass die Lage nicht aussichtslos ist, aber ich könnte jetzt gemütlich zu Hause in meinem Fernsehsessel sitzen und eine Zigarre rauchen, stattdessen steh ich hier im Dschungel und weiß nicht mal, warum!"

Plötzlich raschelte es hinter ihnen und die Großmutter und der Polizeihauptmeister kamen aus dem Gebüsch gekrochen.

Sie gingen zur Lichtung und sagten gleichzeitig: „Gott sei Dank!

Euch geht es wie uns! Wollen wir uns nicht verbünden?"

Die fünf Krokodile schauten überrascht drein, das Krokodil mit dem lila Bademantel fasste sich am schnellsten und fragte:

„Wer seid ihr und was wollt ihr von uns?"
Die Großmutter und der Polizeihauptmeister stellten sich vor und meinten: „Ihr braucht keine Angst vor uns zu haben, wir tun euch bestimmt nichts!"

Man merkte, dass sich Erleichterung bei allen breitmachte.

Es begann nun eine rege Unterhaltung. Im Laufe der Gespräche stellten sich auch die fünf Krokodile vor dem Lagerfeuer vor. Das Krokodil mit dem braunen Rock hieß Rosa Müller, daheim versorgte sie die Familie, den Ehemann und zwei Kinder und machte den Haushalt. Der Name des Krokodils mit der Brille war Hans Rotkopf, sein Beruf war Lehrer. Das kleine Krokodil, ein 10 Jahre alter Schüler, hörte auf den Namen Rüdiger Schwarze, der durch das überraschende Auftauchen der Neuankömmlinge aufgewacht war. Die drei eben genannten Krokodile hatten eins gemeinsam, sie stammten aus Mindelhausen, dem Nachbarort von Kasperlhausen. Die anderen beiden kamen aus Kasperl hausen, es handelte sich hier um den Bürgermeister, Herrn Karl Rotschild, das Krokodil im lila Bademantel, und um die Turnlehrerin Frl. Luise Blümli, mit dem rosa T-Shirt und der rosa Badehose an ihrem Krokodilkörper.

Je länger sie miteinander sprachen, desto lockerer und lustiger wurde ihre Unterhaltung. Sie beruhigten und bestärkten sich gegenseitig. Sie sagten nun übereinstimmend: „Wir sieben werden diese missliche Lage schon meistern."

Mit diesen Gedanken schliefen sie ein.

Am nächsten Morgen wurden sie durch eine laute, befehlende Stimme mit den Worten: „Aufstehen und Hände hoch, ihr seid verhaftet!" aus dem Schlaf gerissen. Sie waren von einer neun Mann starken Krokodil-Truppe in grünen Uniformen umzingelt.

Großmutter, Polizeihauptmeister Moser und ihre neuen Freunde standen auf, streckten wie befohlen ihre Hände hoch und schauten sehr müde und erschrocken drein. Die neun Krokodile in ihren Uniformen waren mit Gewehren und Buschmessern bewaffnet.

Ihr Anführer, ein Krokodil mit Schnurrbart und tiefer Stimme, befahl nun: „Nehmt sie fest und bringt sie ins Dschungelgefängnis!" So geschah es.

KAPITEL 11

Der verhängnisvolle Zauberspruch

In Zauberer Zwickl-Zwöckls Haus hoch oben am Berg tat sich auch einiges. Unsere drei Freunde schickten sich an, auf die Krokodilinsel zu kommen. Zwickl-Zwöckl schnippte mit seinen Fingern und sagte dabei einen Zauberspruch: „Zwick-Zwack, Zwick-Zwack, bring uns drei an den Ort der Krokodilhexe!"

Seinen Zauberstab ließ er vorsichtshalber zu Hause, denn es wäre eine Katastrophe, wenn dieser in die Hände der Krokodilhexe gelangen würde. Kaum hatte er den Zauberspruch ausgesprochen, machte es schwupp und sie waren verschwunden. Sie landeten mitten im Dschungelgefängnis, denn die Krokodilhexe schaute sich dort gerade die neuen Gefangenen an. Wenn der Zauberer das nur geahnt hätte. Er schimpfte auf sich selbst und murmelte in sich hinein: „Beim nächsten Mal formuliere ich es anders!"

Es war leider zu spät für diese Erkenntnis. Doch nicht nur Kasperl, Struppi und Zwickl-Zweckl wurden davon überrascht, dass sie sich nun im Dschungelgefängnis befanden. Auch die Krokodilhexe schaute verblüfft die Neuankömmlinge an. Sie fasste sich am schnellsten und schrie: „Gut, da habt ihr mir eine Arbeit abgenommen, die ich mir schwerer vorgestellt habe! Aus meinem Gefängnis kommt ihr so schnell nicht mehr heraus! Ha! Ha! Ha!

Jetzt hab ich euch, meinen Plan kann nun niemand mehr verhindern!"

Der Zauberer hörte es mit Schaudern. Zwickl-Zweckl wollte seinen Zwick-Zwack-Zauber entfachen, aber der funktionierte nicht.

„Seltsam", dachte sich der Zauberer, „das auch noch. Warum wirkt der Zauber nicht?" Da lachte die Krokodilhexe über beide Ohren und quiekte: „Du brauchst es gar nicht mehr probieren, lieber Zwickl-Zweckl, auf dieser Insel wirkt nur mein Zauber! Ha-Ha-Ha!

Auf Wiedersehen, bis bald!", flötete sie vor Freude und wollte gerade die Gefängnis-

tür zusperren, da sprang Struppi an ihr vorbei noch hinaus. Er lief, so schnell er konnte, davon und verschwand im Dschungel. Das wiederum erzürnte die Krokodilhexe und sie schrie ihre Helfer an: „Lasst ihn nicht entkommen und bringt ihn mir zurück, diesen verflixten Hund!" Zwei der Helfer eilten Struppi hinterher, um ihn einzufangen, es gelang ihnen aber nicht!

KAPITEL 12

◆

Im Dschungelgefängnis

Es war kein herkömmliches Gefängnis, in dem unsere Freunde und die anderen „Krokodile" nun eingesperrt waren. Aligati hatte es sich teuflischerweise erdacht und in den Dschungel gezaubert. In einer riesigen Schneise ragten Begrenzungspfeiler aus Bambusstangen, dicht an dicht wie eine Mauer, meterhoch empor. Es gab kein Entkommen aus diesem Gefängnis, da der Boden zudem aus glitschigem Schlamm bestand und keinen Halt bot, damit man hochspringen konnte. Auch die Bambusstangen, von Natur aus glatt und eng aneinandergereiht, ermöglichten keine Flucht, da man daran nicht hochklettern konnte! Die Eingangstür wurde von Helfern der Krokodilhexe, die davor standen, streng bewacht und war fest verschlossen! Nur die Krokodilhexe hatte den Schlüssel dafür. Zur Essenszeit warfen die Wachen Brote, Wasserbeutel und Früchte über die Bambusstangen nach innen. Die Häftlinge sollten nicht verhungern, sie würden eventuell noch benötigt. So ein Gefängnis war kein Zuckerschlecken, das mussten nun auch der Kasperl, Zwickl-Zweckl, die Großmutter und der Polizeihauptmeister Moser sowie alle anderen Mithäftlinge am eigenen Leib erfahren. Zuerst aber freuten sich die Oma und der Polizeihauptmeister über das Wiedersehen mit Kasperl und Zauberer. Die vier hatten sich viel zu erzählen. Es wurde ihnen aber schnell wieder klar, in welch schwieriger Lage sie sich befanden. Sie ließen die Köpfe jedoch nicht hängen, sondern überlegten sich bereits, was sie tun konnten, um zu fliehen. Alle Häftlinge wurden in die Überlegungen mit einbezogen. Man hörte ein Getuschel und Gemurmel. Man merkte sofort, da war was im Gange. Nur die Wärter draußen schienen es nicht zu bemerken!

KAPITEL 13

◆

Struppi und der Affe

Zuerst versuchten die Gefangenen die Bambusstangen mit Messern, Ästen und sonstigen Gegenständen auseinanderzudrücken oder Löcher hineinzuschlitzen. Leider konnten sie nur fingerdicke Löcher hineinschneiden, diese waren aber nicht dazu geeignet, entfliehen zu können. Aber sie konnten nun sehen, was draußen geschah. Sie beobachteten, wie die Wächter Kontrollgänge machten und jedem Geräusch in der Umgebung nachgingen. Unsere Freunde und die anderen Häftlinge beschlossen eines Nachts, einen Menschenturm zu errichten, um dem jeweils Obersten die Möglichkeit zur Flucht zu geben.

Ein Menschenturm entsteht, wenn sich mehrere Menschen aufeinander stellen. Dies versuchten sie nun auch mehrmals.

Auf schlammigem Untergrund ist dies aber nicht so einfach.

Das mussten sie jetzt auch erkennen, da sie immer wieder wegrutschten und unsanft auf dem Boden landeten. Als auch der letzte von vielen Versuchen misslang, gaben sie erschöpft und traurig auf. Ein Hoffnungsschimmer blieb ihnen, denn Struppi hatte ja flüchten können. Dieser lief weit in den Dschungel hinein, vor lauter Angst drehte er sich nicht einmal um. Bei jedem Geräusch aus dem Dickicht des Dschungels zuckte er zusammen und es gab viele Geräusche durch Tiere, Äste usw. Struppis Angst steigerte sich also, er fühlte sich allein gelassen, gehetzt und bedroht von der Krokodilhexe, ihren Helfern und der fremdartigen Welt, in der er sich nun befand. Er lief eine Stunde, ohne zu verschnaufen, ängstlich dahin. Sein braunes Fell klebte ihm am Körper. Seine Augen beobachteten ständig die Umgebung.

Als Struppi müde wurde, setzte er sich neben einen Baum. Hunger, Durst und die Gedanken an seine Freunde beherrschten nun sein Denken. Er dachte darüber nach, wie er ihnen helfen könnte und wie er selbst zu Essen und Trinken kommen würde. Bei den Überlegungen kam er zu dem Schluss, dass es hoffnungslos sei.

Struppi schlief mit diesen Gedanken ein. Plötzlich sprang er hoch, da ihn etwas gezwickt hatte. Er schaute sich um, doch er sah kein Lebewesen in seiner Nähe. „Das muss ich wohl geträumt haben", dachte sich Struppi gerade, als ihn von Neuem jemand in den Schwanz zwickte. Er bellte laut auf, drehte sich um und packte vor Zorn mit seiner Schnauze blitzschnell zu.

Der Biss ging ins Leere. Ein Gekreische im Unterholz aber sagte ihm, hier war jemand. Das Gestrüpp war für Struppi undurchdringlich.

Daher stellte er seine Ohren auf, um für weitere Angriffe gerüstet zu sein. Da bewegte sich etwas hinter ihm und er schnappte zu. Struppi hatte in einen Stock gebissen, aber am anderen Ende des Stockes befand sich der, der ihn zu necken versuchte.

Die beiden schauten sich an. Struppi sah vor sich zum ersten Mal in seinem Leben einen

Gibbonaffen. Der Affe freute sich diebisch, dass er wieder einen hatte tratzen können. Das gefiel Struppi aber gar nicht. Er fauchte sein Gegenüber an: „Warum tust du das, lass mich in Ruhe, sonst werde ich ungemütlich!" Der Affe grinste und entgegnete daraufhin: „Sei nicht so mürrisch, ich wollte doch nur Spaß mit dir machen!" Struppi schaute nun jammervoll drein, was dem Gibbon auch nicht entging. Dieser musterte Struppi von oben bis unten. Der Affe dachte bei sich: „Was für ein trauriges Bürschlein, den muss ich wieder aufmuntern!" Der Gibbon tanzte, hüpfte und kletterte herum, um den Vierbeiner vor sich wieder fröhlicher zu stimmen. Es nützte nichts, so sehr er sich auch anstrengte. „Vielleicht bringen den kleinen Kerl ein Happen zu essen und etliche Schluck Wasser wieder in eine andere Stimmung", sagte sich der Gibbon und brachte Struppi zu einem Wasserloch. Außerdem warf er Bananen, Orangen usw. vor Struppis Beine. Woher sollte der Affe auch wissen, dass Hunde Fleisch und Knochen viel lieber mögen?

KAPITEL 14

Der Gefängnisschlüssel

Struppi aß die Früchte nur widerstrebend, aber Hunger treibt eben alles in den Magen. Er blickte nun freundlicher drein. Von diesem Augenblick an waren Struppi und der Affe Freunde! Der Gibbon sagte jetzt: „Komm, schlaf ruhig noch ein bisschen, du schaust so müde aus. Ich werde auf dich aufpassen, während du schläfst!" Struppi schlief schnell ein, da die Begegnung mit dem Affen mitten in der Nacht stattgefunden hatte. Am nächsten Morgen, als er aufwachte, begrüßte ihn der Gibbon mit einem fröhlichen „Guten Morgen!" Nach langem Gähnen und Strecken fragte Struppi: „Guten Morgen, mein Freund, wie heißt du eigentlich?"

„Mein Name ist Uli-Duli und wie heißt **du**?", erwiderte der Affe. „Ich bin Struppi, der Hund des Kasperls!", antwortete Struppi sogleich. Der Gedanke an Kasperl machte

Struppi wieder traurig. Er berichtete dem Gibbon-Affen beim Frühstück, das aus Wasser und Beeren bestand, von seinem Freund, dem Kasperl, dessen Großmutter, dem Zauberer und dem Polizeihauptmeister Moser, die im Dschungelgefängnis gefangen gehalten wurden.

Der Affe hörte ihm interessiert zu. „Struppi", begann er, „ich glaube, ich kann dir helfen! Wir brauchen nur einen ordentlichen Plan!"

Sie berieten sich nun und schließlich erklärte der Affe es Struppi so: „Es gibt zwei Möglichkeiten.

Erstens, du lieber Freund, wirst versuchen, die Wachen abzulenken. Ich werde in der Zwischenzeit Lianen an den Bambusstangen befestigen und diese zu unseren Freunden in den Gefängnisraum hinablassen. Die Häftlinge können daran hinaufklettern und entkommen!

Oder zweitens: Nur die Krokodilhexe Aligati hat den Schlüssel für das Gefängnis. Also musst du die Wachen vor ihrer Höhle ablenken und versuchen, ihr den Schlüssel abzunehmen. Falls uns das gelungen ist, ab zum Dschungelgefängnis, die Wachen überraschen, das Gefängnis so schnell wie möglich aufsperren und unsre Freunde und die anderen Häftlinge befreien!" Sie einigten sich auf die zweite Möglichkeit.

Man kann sich allerdings denken, dass dies leichter gesagt als getan war.

Aber die zwei gingen unbeirrt ans Werk. Der Gibbon, mit dem Dschungel bestens vertraut, führte Struppi zur Höhle von Aligati. Je näher sie der Höhle kamen umso mehr wuchs ihre Anspannung und Angst, der Plan könnte doch nicht gelingen! Sie standen nun nur noch wenige Meter von der Behausung der Krokodilhexe entfernt, versteckt im Dickicht des Dschungels. Ihre Aufmerksamkeit richtete sich auf das Geschehen vor der Höhle. Sie warteten den richtigen Augenblick ihres Angriffs ab. Zwei Wachen standen vor der Höhle, die in einem Hügel mitten im Dschungel, verdeckt von Moos und Pflanzen, ihren Eingang hatte. Die eine Wache, ein dickliches Krokodil in grüner Uniform, meinte: "Du, ich hab so einen Druck, du weißt schon, ich muss mal aufs Häuschen. Meinst du, ich kann schnell gehen?" Der Zweite, ein eher schlankes Krokodil, antwortete: "Ja, natürlich, ist doch eh nichts los!" Daraufhin verschwand das dickliche Krokodil im Dschungel. Das war die Chance für unsere beiden Freunde! Der Affe stupste Struppi an und flüsterte: "Jetzt nichts wie ran!" Struppi zögerte zuerst, dann aber nahm er seinen ganzen Mut zusammen und preschte auf die Wache los. Er knurrte und bellte die Wache an. Die erschrak im ersten Augenblick unverhoffter Gefahr und schrie mehr aus Angst: "Was willst du hier?" "Ich will dich beißen, weil du der Hexe hilfst!", bellte Struppi. Eine knorrige Stimme aus dem Hintergrund unterbrach die beiden laut und forsch. "Wer wagt es, vor meiner Höhle so einen Lärm zu machen? Dir werde ich helfen!" Die Stimme stammte von der Krokodilhexe Aligati.

Die Hexe wollte mit ihrem Zauberstab Struppi gerade verzaubern, da kam von hinten Uli-Duli gesprungen, und schwupp, hatte er der Krokodilhexe ihren Zauberstab (den sie sich selbst im Dschungel gemacht hatte) nebst Schlüssel des Dschungelgefängnisses weggeschnappt. Struppi bellte erleichtert: „Bravo" und stieß die Wache um, sodass diese nicht eingreifen konnte. Aligati war außer sich vor Wut. „Das werdet ihr mir büßen!

Wachen! Wachen! Wo seid ihr denn, ihr Blödmänner?", schrie sie. Der Affe und Struppi konnten inzwischen flüchten, was im dichten Dschungel gut gelang. Als sie weit genug weg waren, gönnten sie sich eine Verschnaufpause. Aber nur eine kurze, da sie ja noch etwas vorhatten!

KAPITEL 15

◆

Die Befreiung

"Das wäre geschafft", dachten beide und machten sich daran, zum Dschungelgefängnis zu eilen. Dort saßen Kasperl, Zwickl-Zweckl, die Oma, Polizeihauptmeister Moser und die anderen Häftlinge in einem Kreis zusammen. Kasperl sagte: "Jetzt sitzen wir hier schon zwei Tage fest und können nichts dagegen tun. Was mich am meisten schmerzt, mein Freund Struppi ist im Dschungel doch allein verloren." Die anderen stimmten ihm traurig zu. Kasperl wollte gerade fluchen, da hörte er ein Bellen, das ihm bekannt vorkam. "Ich glaube, ich habe Struppi gehört, ihr auch?"

Alle sprangen nun voll Freude und Hoffnung auf. "Ja, wir haben ihn auch gehört!", erschallte es in der Runde. Die Freude darüber konnten sie einfach nicht verbergen. "Was ist hier los?", brüllten die Wachen von draußen. "Wollt ihr wohl Ruhe geben!", lautete die

Aufforderung der Wachen an die Häftlinge. Man hörte von außen zwei dumpfe Schläge: Bums! Bums! Was war geschehen?

Die Wachen machten den Fehler, ihre Aufmerksamkeit einen Moment lang auf das Gefängnis zu lenken und nicht auf den Dschungel außerhalb zu achten. Dies war wiederum das Glück von Struppi und Uli-Duli, dem Gibbonaffen. Uli-Duli, ein ausgezeichneter Kokosnusswerfer, nahm Maß und traf die beiden Wachen mit je einem Wurf an ihren Hinterköpfen, sodass sie bewusstlos zu Boden fielen. „Hurra!", jubelte Struppi.

Sie schlossen nun das Gefängnis auf und befreiten Kasperl und alle anderen Häftlinge. Überglücklich schlossen sich alle in die Arme. Sie wollten das Gefängnis soeben verlassen, da standen die Helfer der Krokodilhexe und Aligati selbst vor dem Gefängnis und sie schrie: „Zu früh gefreut, ihr seid umzingelt, hier kommt von euch keiner raus!" Da meldete sich aus dem Hintergrund des Gefängnisses Zwickl-Zweckl, der Zauberer. „Das werden wir ja sehen!", meinte er und hob den Zauberstab, den er gerade von Uli-Duli bekommen hatte. „Nein, oh nein!", hörte man die Krokodilhexe schreien, „du wirst doch nicht …!" Sie kam nicht mehr dazu, es auszusprechen, denn der Zauberer (der nun den Zauberstab der Krokodilhexe hatte) sprach nun den Zauberspruch:

„Krokodil und Krokodei, der Krokodilzauber sei jetzt vorbei!"
 Es machte Wum-Wumperti-Wum! Bis auf die Krokodilhexe war kein Krokodil mehr zu sehen, nur noch Menschen, die sich erfreut und verwundert anschauten, da sie nun wieder normale Menschen waren.

KAPITEL 16

◆

Alles Zauberei

„Nun zu dir, Aligati", sagte Zwickl-Zweckl, „du hast uns alle in Angst und Schrecken versetzt und eingesperrt."

Er stoppte plötzlich und überlegte, wie er sie bestrafen könnte. Die Überlegung war nur von kurzer Dauer, denn ihm kam, wie er meinte, ein guter Gedanke, den er sofort ausführte. Er setzte seinen Satz weiter fort und sprach: „Du wirst den Rest deines Lebens an uns denken und in einem Zoo hinter Gitter verbringen!" Da sprang die Krokodilhexe hoch vor Zorn und meinte: „Das kannst du mit mir nicht machen, du verfluchter Zauberer!" Zwickl-Zweckl ließ sich von ihr nicht beeindrucken und entgegnete mit fester Stimme:

„So sei es!" Er schnippte mit seinen Fingern und die Krokodilhexe saß vor ihm in einem Käfig. Sie jammerte: „Und das muss mir passieren!" Da lachten alle anderen vor Schadenfreude und Erleichterung, dass der Spuk ein Ende hatte.

Kasperl, die Großmutter, Polizeihauptmeister Moser, Herr Rotschild, Frl. Blümli, Rüdiger Schwarze, Fr. Müller und Herr Rotkopf umarmten sich vor Freude, alle anderen auch.

Der Zauberer bedankte sich bei Struppi und Uli-Duli mit den Worten: „Mensch, ihr zwei habt das aber gut gemacht!" Alle außer Aligati applaudierten ihnen! Die beiden schauten sich verlegen an. Struppi gab das Lob weiter: „Die Hauptsache hat doch Uli-Duli gemacht!", bellte er. Worauf Uli-Duli bescheiden entgegnete: „Ohne dich, Struppi, hätte ich das nie geschafft!" So freuten sich alle miteinander und erzählten sich, was sie alles erlebt hatten. Am Rande standen unbemerkt die Helfer der Krokodilhexe. Sie waren nun allesamt auch keine Krokodile mehr, sondern durchwegs brave Männer. Sie wussten, dass sie als Krokodile gegen ihren Willen böse gewesen waren. Sie waren ja unter dem

Fluch der Hexe gestanden. Jetzt schämten sie sich ihrer bösen Taten. Da kam der Kasperl auf sie zu und sagte: „Kommt ruhig zu uns dazu und freut euch, denn ihr seid unter dem Bann der Hexe gestanden. Ihr seid jetzt auch von dem Fluch befreit." „Wenn ihr das so seht", meinten sie erfreut, „dann schließen wir uns, wenn ihr erlaubt, der Feier an!" So feierten sie bis in die Morgenstunden! Man hörte dabei nur eine schimpfen, das war die Krokodilhexe in ihrem Käfig. Dies ging aber im allgemeinen Gelächter unter, wie man sich natürlich vorstellen kann.

KAPITEL 17

◆

Die Rückkehr

Am nächsten Tag, als alle aufgestanden waren, fragte Kasperl:

„Was machen wir nun?" Alle schauten sich fragend an, nur Zwickl-Zweckl lachte und erwiderte: „Ganz einfach, ich zaubere euch alle dorthin zurück, von wo ihr hergekommen seid! „Toll", hörte man allerseits. Sie verabschiedeten sich alle voneinander und wünschten sich gegenseitig viel Glück auf ihren weiteren Wegen.

Der Zauberer nahm den Zauberstab und legte los: „Alle hier Anwesenden, die von der Krokodilhexe Aligati hierher gezaubert worden sind, sollen wieder an den Platz zurückkehren, von dem sie hergekommen sind!" „Halt", bellte Struppi, bevor der Zauberer ausgesprochen hatte, „ich muss mich noch von meinem Freund Uli-Duli verabschieden!" Die beiden umarmten sich und versprachen sich, so oft als möglich aneinander zu denken. „Ich lass dich einfach vom Zauberer Zwickl-Zweckl zu mir herzaubern, wenn ich dich wieder sehen will!", sprudelte es aus Struppi heraus.

„Gar keine schlechte Idee!", pflichtete ihm der Gibbon bei.

Alle lachten und sagten „Auf Wiedersehen" zu Uli-Duli. Danach meinten sie: „Jetzt, lieber Zwickl-Zweckl, zaubere uns bitte wieder zurück!"

Dieser tat es, hob den Zauberstab und schnipp, alle saßen oder standen an der Stelle zu Hause, wo der Zauber begonnen hatte. Kasperl und Struppi schauten sich nun verwundert an und fragten: „Warum sind wir jetzt noch im Dschungel?" Tatsächlich standen Kasperl, Struppi und Zwickl-Zweckl am selben Platz wie vorher. Alle anderen, außer Aligati in ihrem Käfig, waren weg. „Wir sind ja nicht von der Krokodilhexe hierher gezaubert worden, sondern ich habe uns hier in den Dschungel geschnippt!", sagte der Zauberer und bog sich vor Lachen, da Kasperl und Struppi lustig aussahen in ihrer Verwunderung.

Das Lachen war ansteckend. Die beiden schmunzelten nun auch.

„Los, zaubere uns bitte jetzt auch zurück!", forderten sie den Zauberer auf. „Nur mit der Ruhe, ihr zwei!", meinte dieser. „Ich muss erst Aligati in einen Zoo zaubern. In welchen soll sie kommen?" „Natürlich in unseren, da hättest du nicht fragen brauchen!", brüllten Kasperl und Struppi begeistert. So geschah es. Nachdem der Zauberer die Krokodilhexe in den Zoo von Kasperlhausen gezaubert hatte, zauberte er Kasperl, Struppi und auch sich selbst zurück. In Kasperlhausen hatte sich die Geschichte schnell herumgesprochen. Struppi und Zwickl-Zweckl waren diesmal die Helden und nicht der Kasperl.

Dem Kasperl machte dies aber gar nichts aus, er wünschte sich trotzdem von der Großmutter seinen geliebten Apfelstrudel mit Vanillesoße zum Mittagessen. Die Großmutter tat ihm natürlich den Gefallen. Zwickl-Zweckl und der Polizeihauptmeister Moser

waren auch eingeladen. Man verspeiste den Apfelstrudel mit Vanillesoße mit Wonne und Struppi bekam einen Napf voll saftigen Fleischstücken. So aßen sie zufrieden und erzählten sich nochmals ihre Dschungelerlebnisse. Sie kamen zu dem Schluss: Hauptsache, wir sind wieder gesund und munter zu Hause!

Eine war mit dem Ausgang der Geschichte nicht zufrieden. Das war die Krokodilhexe Aligati in ihrem Zoo-Käfig. Sie schimpfte: „So ein blödes Ende!"

Fazit der Geschichte: „Fasse nie unter ein heißes Bügeleisen!"

Der Autor

Charly Haimerl, geboren 1958 in München, arbeitete als Einzelhandelskaufmann und Speditionsangestellter. Seit 2004 ist er aus gesundheitlichen Gründen pensioniert. Mit seinen Geschichten möchte er Jung und Alt die Freude am Lesen vermitteln.

Der Verlag

„Semper Reformandum", der unaufhörliche Zwang sich zu erneuern begleitet die novum publishing gmbh seit Gründung im Jahr 1997. Der Name steht für etwas Einzigartiges, bisher noch nie da Gewesenes.
Im abwechslungsreichen Verlagsprogramm finden sich Bücher, die alle Mitarbeiter des Verlages sowie den Verleger persönlich begeistern, ein breites Spektrum der aktuellen Literaturszene abbilden und in den Ländern Deutschland, Österreich und der Schweiz publiziert werden.
Dabei konzentriert sich der mehrfach prämierte Verlag speziell auf die Gruppe der Erstautoren und gilt als Entdecker und Förderer literarischer Neulinge.

Neue Manuskripte sind jederzeit herzlich willkommen!

novum publishing gmbh
Rathausgasse 73 · A-7311 Neckenmarkt
Tel: +43 2610 431 11 · Fax: +43 2610 431 11 28
Internet: office@novumpro.com · www.novumpro.com

AUSTRIA · GERMANY · HUNGARY · SPAIN · SWITZERLAND